가장
예쁜 생각을
너에게
주고 싶다

가장 예쁜 생각을
너에게 주고 싶다

나태주
지음
\
강라은
그림

알에이치코리아

1장.
세상에 와 그대를
만난 건

4

2장.

오늘도 네가 있어
마음속 꽃밭이다

3장.

기다리다가
기다리다가
그만

4장.
오직
한 번뿐인 여행

또다시 밤하늘의 별이 되어

세상의 모든 아버지들에게 딸들은 애당초 꽃
다발로 왔고 그 향기로 왔다. 딸을 기르면서,
딸과 같이 살아오면서 딸로 해서 아버지들은
처음 알게 되는 생의 기쁨과 행복을 만나기도
했으리라. 어른으로 자란 뒤에도 딸들은 아버
지들의 마음과 느낌의 고향으로 언제까지고
맑은 샘물이 되어주고 있을 터.

　　지난한 세상살이, 하루하루 얼마나 흔들
려야만 했던가! 그럴 때마다 마음 안에 딸아

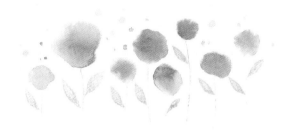

이가 함께 있지 않았더라면 어찌했을까 몰라!
세상의 모든 아비들에게 딸들은 폭풍우 거센
난바다에 내려진 깊고도 푸르른 닻. 비 개어
멀리 하늘에 뜨는 무지개. 아니면 손 흔들어
내일을 약속하는 흰 구름. 애당초 축복이었고
선물이었다. 마음 안에 숨겨둔 보석이었다.

하지만 아비들에게 딸들은 여자이면서
도 여자가 아닌 여자. 여자 그 너머의 또 다른
여자. 신비였다. 다만 자랑이었고 사랑이었다.
아비의 목숨이 떠난 뒤에도 가장 오래 함께
울어줄 목숨이 딸이다. 그의 생을 가장 잘 기
념해줄 육친이 또 딸이다. 실상 딸들은 아비
의 또 다른 생명을 살아줄 가장 어여쁜 인간.

　딸아 딸들아, 네가 있어 너희들이 있어
아비의 생은 조금쯤 더 부드러워질 수 있었
고 조금쯤 더 따뜻해질 수 있었고 조금쯤 더
넉넉해질 수 있었단다. 고맙구나, 딸아. 너를
나의 딸로 세상에 만난 행운에 대해서 감사
한다. 너로 해서 나의 세상은 다시 한 번 좋
았구나.

　비록 이다음에 아비 없는 세상이 온다
하더라도 너무 울거나 너무 힘들어하지는 말
아다오. 다만 잘 살아라. 너의 인생을 살고 너
의 인생의 꽃을 피우다 오거라. 그것이 다시
이 아비가 사는 길이다. 세상에 오래 남아 함
께 사는 길이다.

되풀이하는 말이다만 아비는 이다음에 어두운 밤, 별이 되어 너를 내려다볼 것이다. 너를 지켜볼 것이다. 네가 어느 날 혼자서 고달프게 밤길 걷다가 문득 누군가 바라보는 것 같이 느껴져 하늘의 별을 우러를 때 거기 가장 빛나는 별이 하나 있거든 그 별 속에 아비의 마음이 너를 내려다보고 있다고 믿어다오.

2017년 초여름

나태주 씀

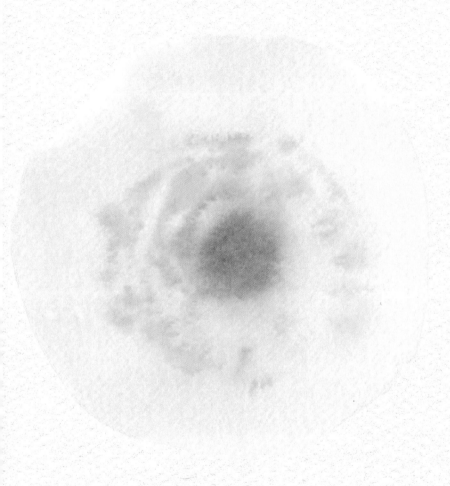

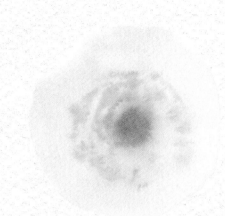

1장 \

세상에 와
그대를 만난 건

큰일

조그만 너의 얼굴
너의 모습이
점점 자라서
지구만큼 커질 때 있다

가느다란 너의 웃음
너의 목소리가
점점 커져서
지구를 가득 채울 때 있다

이거야말로 큰일,
사랑이 찾아온 것이다.

14

사랑이
찾아올것이다

너에게 감사

사랑하는 사람들 사이에서는
더 많이 사랑하는 사람이
단연코 약자라는 비밀

어제도 지고
오늘도 지고
내일도 지는 일방적인 줄다리기

지고서도 오히려
기분이 나쁘지 않고
홀가분하기까지 한 게임

사랑하는 사람들 사이에서는
더 많이 지는 사람이
끝내는 승자라는 비밀

그걸 깨닫게 해준 너에게
감사한다.

별짓

어제. 사서 감추어가지고 온 귀걸이를 아침에 내밀었다
아이 뭘
좋알대며 받아서 걸어보는 너의 귀가 조그만 나비처럼 예뻤다

점심때 함께 식사하고 나오며 네 신발을 가지런히 돌려주었다
아이 뭘
신을 신는 너의 두 발이 꼭 포유동물의 눈 못 뜬 새끼들처럼 귀여웠다

오후에 가게에서 소프트아이스크림을 사들고 뛰어와 너에게 주었다
아이 뭘
아이스크림을 베어 무는 너의 입술이 하늘붕어처럼 사랑스러웠다

아이 뭘…
내가 별짓을 다한다.

핸드폰 시 — 구름

구름 높은 구름
좋다 내 마음도 높이 떴다

구름 하얀 구름
좋다 내 마음도 하얗다

거기 너도 있다
좋다 너도 웃는 얼굴이다.

딸

너를 안으면 풀꽃 냄새가 난다
세상에 오직 하나 있는 꽃,
아무도 이름 지어 주지 않는 꽃,
네게서는 나만 아는 풀꽃 냄새가 난다.

까닭

꽃을 보면 아, 예쁜
꽃도 있구나!
발길 멈추어 바라본다
때로는 넋을 놓기도 한다

고운 새소리 들리면 어, 어디서
나는 소린가?
귀를 세우며 서 있는다
때로는 황홀하기까지 하다

하물며 네가
내 앞에 있음에랴!

너는 그 어떤 세상의
꽃보다도 예쁜 꽃이다
너의 음성은 그 어떤 세상의
새소리보다도 고운 음악이다

너를 세상에 있게 한 신에게
감사하는 까닭이다.

선물

선물을 주고 싶다고?
선물은 필요치 않아
네 얼굴과 네 목소리와 너의 웃음이
나에겐 선물이야
너 자신이 나에겐
그 무엇과도 바꿀 수 없는
오직 하나뿐인 선물이야

네가 그걸 알기나 하는지 모르겠다.

오직
하나뿐인
선물

세상은

돌 지난 딸아이 보드랍고 깨끗한 맨발
그 발로 볼 부비며 느끼고 느끼나니
세상은 그토록 보드랍고 깨끗한 거냐!
네 깨끗함으로 무너지는 하늘을 지켜다오.

들길을 걸으며

1
세상에 와 그대를 만난 건
내게 얼마나 행운이었나
그대 생각 내게 머물므로
나의 세상은 빛나는 세상이 됩니다
많고 많은 사람 중에 그대 한 사람
그대 생각 내게 머물므로
나의 세상은 따뜻한 세상이 됩니다.

2

어제도 들길을 걸으며
당신을 생각했습니다
오늘도 들길을 걸으며
당신을 생각했습니다
어제 내 발에 밟힌 풀잎이
오늘 새롭게 일어나
바람에 떨고 있는 걸
나는 봅니다
나도 당신 발에 밟히면서
새로워지는 풀잎이면 합니다
당신 앞에 여리게 떠는
풀잎이면 합니다.

풍경

이 그림에서
당신을 빼낸다면
그것이 내 최악의 인생입니다.

너 때문에

공기주머니 너는
산소로 가득한
말랑말랑한

고무풍선 너는
향기로 가득한
야튼 말랑말랑한

너를 안아본다
안아본다는
생각만으로도

가슴이 부푼다
나도 고무풍선이 되어
두둥실 떠오른다

허공이 예쁘다
너 때문에 예쁘다
나도 또한 말랑말랑.

행복 · 1

1
딸아이의 머리를 빗겨 주는
뚱뚱한 아내를 바라볼 때
잠시 나는 행복하다
저의 엄마에게 긴 머리를 통째로 맡긴 채
반쯤 입을 벌리고
반쯤은 눈을 감고
꿈꾸는 듯 귀여운 작은 숙녀
딸아이를 바라볼 때
나는 잠시 더 행복하다.

2
학교 가는 딸아이
배웅하러 손잡고 골목길 가는
아내의 뒤를 따라가면서
꼭 식모 아줌마가
주인댁 아가씨 모시고 가는 것 같애
놀려 주면서
나는 조금 행복해진다

딸아이 손을 바꿔 잡고 가는 나를
아내가 뒤따라 오면서
꼭 머슴 아저씨가
주인댁 아가씨 모시고 가는 것 같애
놀림을 당하면서
나는 조금 더 행복해진다.

행복 · 2

어제 거기가 아니고
내일 저기도 아니고
다만 오늘 여기
그리고 너.

네가 있어

바람 부는 이 세상
네가 있어 나는 끝까지
흔들리지 않는 나무가 된다

서로 찡그리며 사는 이 세상
네가 있어 나는 돌아앉아
혼자서도 웃음 짓는 사람이 된다

고맙다
기쁘다
힘든 날에도 끝내 살아남을 수 있었다

우리 비록 헤어져

오래 멀리 살지라도

너도 그러기를 바란다.

장식

애당초
못생겨서 좋아했다
뭉뚱한 키 조그만 몸집
찌뿌둥한 얼굴

귀여워서 사랑했다
맑은 이마 부드러운 볼
치렁한 머리칼

언제든 네 조그만 귀에는
새로운 귀걸이를
달아주고 싶었다

44

언제든 네 머리칼에는
어여쁜 머리핀을
꽂아주고 싶었다.

마음을 얻다

있는 것도 없다고
네가 말하면
없는 것이고

없는 것도 있다고
네가 말하면
있는 것이다

후회하지 않겠다.

연인

꼬치모양으로 생긴 키가 큰 꽃들이
무리 지어 피어 있다 진보랏빛
(나는 그 꽃들을 꼬치꽃이라 이름지어 부르고 싶다)
그래, 꼬치꽃들이 바람에 몸을 흔든다

가까이부터가 아니라

멀리서부터 몸을 흔든다

몸을 흔들며 보랏빛을 공중에 조금씩 풀어 넣는다

춤을 춘다기보다는 서로

이야기를 나누는 것처럼 보인다

몸을 비비며 키들거리는 것처럼 보인다

꽃밭을 배경으로 젊은 남녀 두 사람

마주앉아 아이스크림을 베어 먹으며

서로의 이야기도 베어먹고 있는 중,

그들은 배경으로 꼬치꽃들이 피어 있다는 것을

알지 못한다

꼬치꽃들을 흔드는 바람에 대해서도 알지 못한다

더구나 진보랏빛에 대해선 알 바 없는 일!

그들 자신이 이미 꼬치꽃이고 바람이고 또

진보랏빛인데 말이다.

✽ 꼬치꽃 : 리아트리스란 꽃을 나 혼자 이름지어 그렇게 부른 것임.

딸을 위하여

1
벌써 발밑의 잡풀들의 새싹이 앙증스럽게
솟아났구나.

다북쑥, 끄시렁꾸, 논나시, 쪼꼬실, 시계풀,
너는 그런 풀이름들을 알지 못한다.
너는 그런 풀이름들 속에 담겨진
냄새와 빛깔을 알지 못한다.

수미, 은정, 시내, 민효, 소라,
나는 네 동무들의 얼굴을 알지 못한다.
네 동무들과 나눈 이야기나 놀이의 즐거움을
알지 못한다.

그처럼 나 혼자 진 짐은
나만 아는 어느 곳에 부려야 하기 때문.
그처럼 너의 빛나는 길은
너만이 가야 하기 때문.

2
네 손은 조그만 명주 실타래
네 손을 쥐고 있으면
끝없는 이야기가 떠오른다.

네 손은 조그만 흰 구름 조각
네 손을 쥐고 있으면
꿈꾸는 듯 마음은 편안해진다.

나는 누구며 어디서 왔으며
나는 무엇을 할 것인가,
잠시 어려운 물음일랑 잊어버리기로 하자.

어차피 우리는 나무 밑에 쪼그리고 앉아
하늘을 바라다 떠나는 외로운 산짐승,
어디서 풍금 소리라도 들리는 듯 우레 소리라도 들리는 듯
귀가 자란 산토끼가 아니랴.

어차피 우리는
고향을 두고 온 실향민,
세상은 우리에게 너무 서투르고
낯선 곳이 아니랴.

3
산에는 너의 팔다리와 같이 튼튼하게 자라는
싱싱한 나무와 풀들이 있다.

산에는 네 마음과 같이
귀여운 산새들 포릉 포르릉 날아오르고 있다.

산에는 네 눈동자와 같이
맑은 새암물이 솟는다.

산에는 네 머리칼과 같이
부드럽고 가느다란 이내가 놀고 있다.

산에는 지금도 무엇이든 되긴 돼야지
조바심 하나로 입술이 타는 꽃들이 많다.

산에는 네가 예뻐 어쩌지 못하는
내 마음의 작은 돌멩이들이 뒹굴고 있다.

＊이내: 해 질 무렵 멀리 보이는 푸르스름하고 흐릿한 기운.

민애의 노래책

민애의 노래책엔

나쁜 일은 없고

좋은 일만 있다.

— 산토끼 한 마리, 붕어 한 마리, 귤 한 개.

민애의 노래책엔
심심한 일은 없고
신나는 일만 있다.
― 세발자전거 타고 노는 엄마와 아빠와 오빠.

민애의 노래책엔
슬픈 일은 없고
즐거운 일만 있다.
— 숨바꼭질하는 해님과 달님과 별님.

민애의 노래책엔
미운 것은 없고
이쁜 것만 있다.
— 색종이로 만든 나라, 그 나라의 왕자님.

그 아이

날마다 마음의 빛
어디서 오나?
그 아이한테서 오지

날마다 삶의 기쁨
어디서 오나?
여전히 그 아이한테서 오지

그 아이 있어
다시금 반짝이고
싱그러운 세상

그 아이에게 감사해
날마다 빛을 주고
기쁨 주는 그 아이에게 감사해.

스타가 되기 위하여

별은 멀리 아주 멀리에 있다
별은 혼자서 반짝인다 언제나 외롭다
사람도 마찬가지

스타가 되기 위해서는 외로워야 한다
멀리 있는 것을 그리워할 줄
알아야 한다

무엇보다도 먼저 자기 자신을
이기는 사람이어야만 하겠지
아니야, 자기한테 자기가 슬그머니 져줄 줄도 아는
그런 사람이어야 할 거야
그러고 나서도 스스로 충분히
반짝일 줄 아는 사람이어야 할 거야

스타가 되고 싶은 딸아,
어두워지는 밤이 오면 하늘을 보거라
거기, 아빠가 너를 내려다보고 있을 것이다.

우리들의 푸른 지구

너의 목소리 출렁
하늘바다에 물결을 일으키고

너의 웃음 고웁게
지구의 마음에 무늬를 만들고

너의 기도 두 손을 모아서
우주의 심장에 붉은 등불을 밝힌다.

너를 위하여

여자 너머의 여자
오로지 귀여운 아이

꽃 너머의 꽃
오로지 어여쁜 사랑

산 너머의 산
하나뿐인 조그만 믿음

내일도 또 내일도
그러하기를⋯⋯.

별

우리는 한 사람씩 우주공간을 흐르는 별이다. 머언 하늘
길을 떠돌다 길을 잘못 들어 여기 이렇게 와 있는 별들이
다. 아니다. 우리는 오래 전부터 서로 그리워하고 소망했
기에 여기 이렇게 한자리에서 만나게 된 별들이다.

그러니 너와 나는 기적의 별들이 아닐 수 없다. 하늘길 가는 별들은 다만 반짝일 뿐 서러운 마음 외로운 마음을 가지지 않는 별들이다. 그러나 우리는 순간순간 외로워하고 서러워할 줄 아는 별들이다. 안타까워할 줄도 아는 별들이다. 그러니 우리가 얼마나 사랑스런 별들이겠는가!

부디 편안한 마음으로 따뜻한 마음으로 잠시 그렇게 머물다 가기 바란다. 오직 사랑스런 마음으로 기쁜 마음으로 내 앞에 잠시 그렇게 계시다 가기 바란다. 굳이 재촉하지 않아도 이별의 시간은 빠르게 오고 우리는 그 명령을 따라야만 한다. 그리하여 너는 너의 하늘 길을 떠나야 하고 나는 또 나의 하늘 길을 열어야 한다.

우리가 앞으로 다시 만난다는 기약은 바랄 수도 없는 일이다. 어쩌면 이것이 처음이자 마지막 만남일 수도 있겠다. 그리하여 우리는 앞으로도 오래 외롭고 서럽고 안타깝기까지 할 것이다. 부디 너 오늘 우리가 이 자리 이렇게 지극히 정답게 아름답게 만났던 일들을 잊지 말기 바란다. 오늘 우리의 만남을 기억한다면 앞으로도 많은 날 외롭고 서럽고 안타까운 순간에도 그 외로움과 서러움과 안타까움이 조금은 줄어들 것이다.

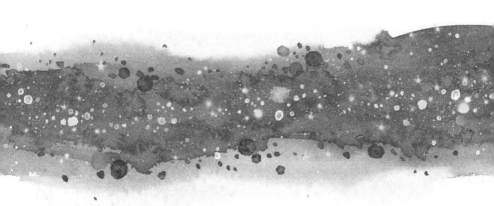

나도 하늘 길 흐르다가 멀리 아주 멀리 반짝이는 별 하나 찾아낸다면 그것이 진정 너의 별인 줄 알겠다. 나의 생각과 그리움이 머물러 그 별이 더욱 밝은 빛으로 반짝일 때 너도 나를 알아보고 나를 향해 웃음 짓는 것이라 여기겠다. 앞으로도 우리 오래도록 반짝이면서 외로워하기도 하고 서러워하기도 하자.

오늘 우리가 여기서 이렇게 헤어지고 난다면 어디서 또 다시 만난다 하겠는가? 잡았던 손 뿌리치고 나면 언제 또 그 손을 잡을 날 있다 하겠는가? 너무도 사랑스럽고 어여쁜 너. 오직 기적의 별인 너. 많이 반짝이는 너의 별을 데리고 이제는 너의 길을 가다오. 나도 나의 길을 갈 것이다. 그대여 오늘은 여기서 안녕히! 나에게도 안녕히!

2장 \

오늘도 네가 있어
마음속 꽃밭이다

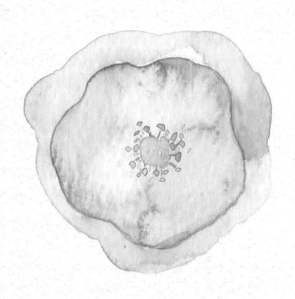

소망

받고 싶은 마음보다
주고 싶은 마음이 좋은 마음이다

주고 나서 이내 잊어버리고
무엇을 또 주어야 하나
찾는 마음이 좋은 마음이다

꽃을 보고서도 저것을 가져다
주었으면 하고
구름을 만나서도 저것을 데려다
주었으면 하는

그 마음 뒤에 웃고 있는 네가
있음을 나는 모르지 않는다

언제까지고 거기 너 그렇게
웃고만 있거라
예뻐 있거라.

통화

자면서도 나는
그대에게 전화를
걸고 있습니다

　　그대 생각만으로 살았다고
　　내일도 그대 생각 가득할 것이라고

자면서도 나는
그대로부터 전화를
받고 있습니다.

꽃·2

예뻐서가 아니다
잘나서가 아니다
많은 것을 가져서도 아니다
다만 너이기 때문에
네가 너이기 때문에
보고 싶은 것이고 사랑스런 것이고 안쓰러운 것이고
끝내 가슴에 못이 되어 박히는 것이다
이유는 없다
있다면 오직 한 가지
네가 너라는 사실!
네가 너이기 때문에
소중한 것이고 아름다운 것이고 사랑스런 것이고 가득한 것이다
꽃이여, 오래 그렇게 있거라.

참말로의 사랑은

참말로의 사랑은
그에게 자유를 주는 일입니다
나를 사랑할 수 있는 자유와
나를 미워할 수 있는 자유를 한꺼번에
주는 일입니다
참말로의 사랑은 역시
그에게 자유를 주는 일입니다
나에게 머물 수 있는 자유와
나를 떠날 수 있는 자유를 동시에
따지지 않고 주는 일입니다
바라만 보다가
반쯤만 눈을 뜨고
바라만 보다가.

참말로의

사랑은…

맑은 날

오늘 날이 맑아서
네가 올 줄 알았다
어려서 외갓집에 찾아가면
외할머니 오두막집 문 열고
나오시면서 하시던 말씀

오늘은 멀리서 찾아온
젊고도 어여쁜 너에게
되풀이 그 말을 들려준다
오늘 날이 맑아서
네가 올 줄 알았다.

첫눈 같은

멀리서 머뭇거리기만 한다
기다려도 쉽게 오지 않는다
와서는 잠시 있다가 또
훌쩍 떠난다
가슴에 남는 것은 오로지
서늘한 후회 한 조각!

그래도 나는 네가 좋다.

그래도 나는
네가 좋다.

카톡

보내도 보내지 않는다
헤어져 있어도
가까이 숨소리
놓치지 않는다

여기요 여기
나 여기 있어요
귓가에서 여전히
서성이고만 있는 너.

하루만 못 봐도

하루만 못 봐도
너 지금 어디서 뭐하고 있니?
붉은 꽃을 보고 말하고
하얀 꽃을 보고 말한다

붉은 꽃은 보고 싶은 마음
하얀 꽃은 그리운 마음
네 앞에 있는 꽃을 좀 봐
꽃 속에 내 마음이 있을 거야

너 지금 어디서 뭐하고 있니?

딸에게 · 1

날 어둡고 추운데 주머니는 가볍고
배고파 낯선 밥집 드르륵 문을 열 때
얼굴에 후끈한 밥내 어찌 아니 목메랴

혼자서 음식 청해 밥 사발 마주하고
엄마 생각 집 생각에 수저조차 못 들겠지
장하다 어린 네 모습 눈감고도 보이누나.

대화

우리 딸아이보다 더 예쁜
여자아이를 이적지 본 적이 없어요
그건 나도 그래요

어느 날 딸아이 어렸을 적
사진 꺼내놓고 아내와 내가
구시렁 구시렁.

유월에

말없이 바라
보아주시는 것만으로도 나는
행복합니다

때때로 옆에 와
서 주시는 것만으로도 나는
따뜻합니다

산에 들에 하이얀 무찔레꽃
울타리에 덩굴장미
어우러져 피어나는 유월에

그대 눈길에

스치는 것만으로도 나는

황홀합니다

그대 생각 가슴속에

안개 되어 피어오름만으로도

나는 이렇게 가득합니다.

어여쁜 짐승

정말로 좋은 사랑이란 사랑하는 사람을
행복하게 해주는 것이란 말이 있다
또 사랑하는 사람을 편안하게 해주는 것이란 말도 있다
그러나 젊은 시절엔 그런 말들을 듣고서도
미처 그 말의 뜻을 깨치지 못했다
처음부터 귀를 막았는지도 모른다
정말로 사랑이란 것이 사랑하는 사람을 편안하게 해주고
행복하게 해주는 것이란 것을 알았을 때는
너무나 많이 나이를 먹고 난 뒤의 일이기 십상이다
그것은 행복이 자기한테 떠나갔을 때 비로소
자기가 행복했었다는 걸 뒤늦게 깨닫는 어리석음과 같다
그러나 지금이라도 그것을 알았다면 얼마나 다행스런 일인가!

네 옆에 잠시 이렇게 숨을 쉬는 순한 짐승으로 나는 오늘
충분히 행복해지고 편안해지기로 한다
너도 내 옆에서 가만가만 숨을 쉬는 어여쁜 짐승으로
한동안 행복해지고 편안해졌으면 좋겠다.

딸에게 · 2

내 사랑 내 딸이여 내 자랑 내 딸이여
오늘도 네가 있어 마음속 꽃밭이다
오! 네가 없었다 하면 어쨌을까 싶단다

술 취해 비틀비틀 거리를 거닐 때도
네 생각 떠올리면 정신이 번쩍 든다
고맙다 애비는 지연紙鳶, 너의 끈에 매달린.

꿈

네가 보이지 않아
불안해졌다

엉엉 소리 내어
울었다

눈을 떠보니
볼 위에 눈물이 남아 있었다.

서로가 꽃

우리는 서로가
꽃이고 기도다

　　　　　나 없을 때 너
　　　　　보고 싶었지?
　　　　　생각 많이 났지?

나 아플 때 너
걱정됐지?
기도하고 싶었지?

　　　　　그건 나도 그래
　　　　　우리는 서로가
　　　　　기도이고 꽃이다.

나 없을 때 너

보고 싶었지 ?

행운

혼자 있을 때
생각나는 이름 하나
있다는 건 기쁜 일이다

이름이 생각날 때
전화 걸 수 있다는 건
더욱 기쁜 일이다

전화 걸었을 때
반갑게 전화 받아주는
바로 그 한 사람

그 한 사람이
살면서 날마다 나의 행운
기쁨의 원천이다.

시집가는 딸에게

세월이 빨리 간다 그런 말 있었지요
강물같이 흘러간다 그런 말도 있었구요
우리 딸 어느새 자라 시집간다 그러네요

어려서 자랑자랑 품안에 안겨들고
봄바람 산들바람 신록 같던 그 아이
이제는 제 배필 찾아 묵은 둥지 떠난대요

신랑도 좋은 청년 같은 학교 선배 사이
그동안 만나보니 맑은 마음 바른 행동
멀리서 보기만 해도 미더웁고 든든해라

애들아 하루하루 작은 일이 소중하다
사랑은 마음속에 숨겨놓은 난초 화분
서로가 살펴주어야 예쁜 꽃이 핀단다

부모가 무엇을 더 바랄 것이 있겠나요
다만 그저 두 사람 복되게 잘 살기를
손 모아 빌고 싶어요 양보하며 살거라.

절값

명절이나 생일 때도 받지 않은 절이다만
그래 그래 너도 이제 어른 되어 시집가니
절 한 번 해 보려무나 큰절로 하려무나

나비가 춤을 추듯 제비가 나래 치듯
어여뻐라 내 딸이여 꽃송이가 따로 없네
그 모습 그냥 그대로 한평생을 살거라

이것은 돈이다만 돈이 결코 아니요
부모가 너의 앞날 끝없이 축원하는
마음의 표식이거니 주저 말고 받거라.

딸에게 · 3

바쁘다는 핑계로 끼니 거르지 마라
공주 날씨 오늘 좋다 서울 날씨 어떠냐?
가끔은 하늘도 보며 쉬엄쉬엄 살자꾸나.

어린 시인에게

너를 사랑한다
너를 사랑함으로
네가 여기보다 더 좋아하는 곳으로
홀로 떠남을 허락한다

더욱 너를 사랑한다
더욱 너를 사랑함으로
네가 나보다 더 사랑하는 사람들과
더불어 살아감을 기뻐한다

한 가지 부탁은 나 없는 하늘
땅 위에서 살면서
가끔은 나도 기억해달라는 것!

밤하늘을 우러를 때 거기
눈물 어린 별 하나 있거든
아직도 너를 사랑하는
내 마음이거니 짐작해다오.

육친

모처럼 만난 딸아이
시집 가 아기 낳고 사는 딸아이
어려서 보드레하던 손
가늘고 새하얗고 예쁘던 손가락

헤어져 돌아오면서
내 손을 들여다보았더니
거기에 딸아이의 손가락이 와 있었다
뭉뚝한 엄지 검지 가운뎃손가락
그나마 갸름한 무명지 새끼손가락

손을 비벼보니 꺼끄러운 느낌
거기에 딸아이의 손바닥이 또
와 있는 것이었다.

딸기 철

봄마다 딸기 철에 가장 많이 생각나는 사람은 우리 딸
봄마다 딸기가 그렇게 먹고 싶다 했지만
딸기를 사주지 못했던 우리 딸
제 엄마 시장에 가면 따라가 치마꼬리 잡고
딸기 사달라고 조르고 조르던 아이
그러나 제 엄마는 딸아이에게 딸기를 사줄 만한 돈이 없어
딸기장수 아주머니 보지 못하게 하려고 치마로 일부러
가리고 다녀야만 했던 우리 딸
제 엄마 딸기장수 아주머니에게 100원어치만 200원어치만
딸기를 팔 수 없겠냐고 말했다가 된통 혼나게 만든 우리 딸
봄이 와 딸기 철이면 제일 먼저 딸아이에게 딸기를 사주고 싶다
딸기를 먹고 있는 딸기 같은 딸아이를 보고 싶다

그러나 그 아이 이제는 어른으로 자라 시집을 가서
딸기 사달라고 조르던 제 어릴 때만큼의 딸아이를 둔
엄마가 되어버렸다.

근황

요새
네 마음속에 살고 있는
나는 어떠니?

내 마음속에 들어와
살고 있는 너는 여전히
예쁘고 귀엽단다.

새해

아무리 나이를 먹어도
너는 어린 것
다만 안쓰럽고 가여운 아이

그런 마음을 위해
어린 장미는 피어나고
아버지도 있고 딸도 있을 것임

문득 세상이 새롭게 밝아온다.

별처럼 꽃처럼

별처럼 꽃처럼
하늘에 달과 해처럼

아아, 바람에 흔들리는
조그만 나뭇잎처럼

곱게곱게 숨을 쉬며
고운 세상 살다 가리니,

나는 너의 바람막이
팔을 벌려 예 서 있으마.

별처럼 꽃처럼
하늘에 달과 해처럼

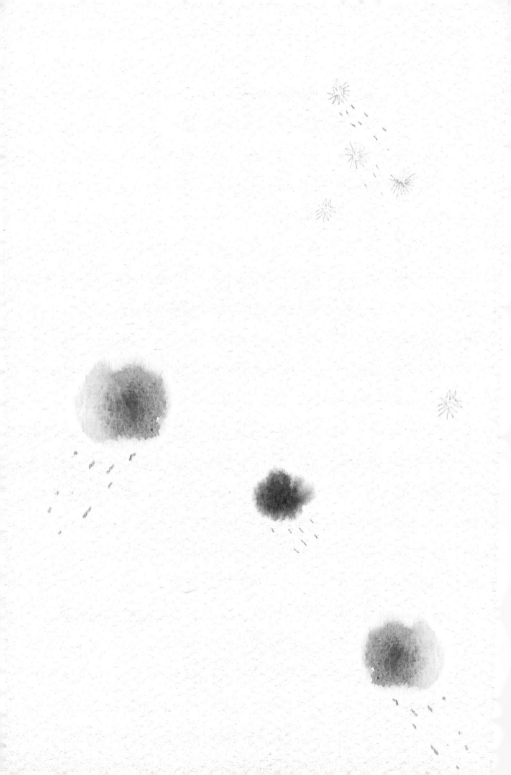

3장\
기다리다가 기다리다가
그만

나무

너의 허락도 없이
너에게 너무 많은 마음을
주어버리고
너에게 너무 많은 마음을
뺏겨버리고
그 마음 거두어들이지 못하고
바람 부는 들판 끝에 서서

나는 오늘도 이렇게 슬퍼하고 있다
나무되어 울고 있다.

외면

얼굴이 많이 야위셨네요
며칠 사이

너의 얼굴 보지 못해 그러함을
너는 잠시 모른 척 눈을 감는다.

그리움

가지 말라는데 가고 싶은 길이 있다
만나지 말자면서 만나고 싶은 사람이 있다
하지 말라면 더욱 해보고 싶은 일이 있다

그것이 인생이고 그리움
바로 너다.

해거름 녘

뜰에 피어난 꽃
너무 예뻐서
예쁘다 예쁘다
혼자 중얼거리다가

네 생각 새롭게 나서
어떻게 지내는지
전화 걸어 묻고 싶었는데
끝내 받지를 않네

다시금 뜰에 나가
꽃을 보며 니들이
예쁘다 예쁘다
중얼거리는 해거름 녘

4월 하고도 오늘은
며칠이라냐?
날마다 우리의 날들은
짧아만 지는데

너와 나는 너무 오래
만나지 못했다
너무 멀리
헤어져 있다.

꽃·1

예쁘다는 말을
가볍게 삼켰다

안쓰럽다는 말을
꿀꺽 삼켰다

사랑한다는 말을
어렵게 삼켰다

섭섭하다, 안타깝다,
답답하다는 말을 또 여러 번
목구멍으로 넘겼다

그리고서 그는 스스로 꽃이 되기로 작정했다.

사랑은 혼자서

사랑은 여럿이가 아니라
혼자서 쓸쓸한 생각
저무는 저녁 해
그리고 깜깜한 어둠

사랑은 둘이서가 아니라
혼자서 푸르른 산맥
흐르는 시내
그리고 풀벌레 울음

사랑은 너와 함께가 아니라
혼자서 이루는 약속
머나먼 내일
그리고 이별과 망각.

마음의 용수철

사람의 마음은 이상한 용수철 같다
감으면 풀리는 용수철이 아니라
풀어놓으면 어느 사이
저절로 감기는 그런 용수철 말이다
미워하는 마음이 그렇고
섭섭한 마음이 그렇고
슬픈 마음 외로운 마음이 그렇고
너 보고 싶은 마음이 또한 그렇다.

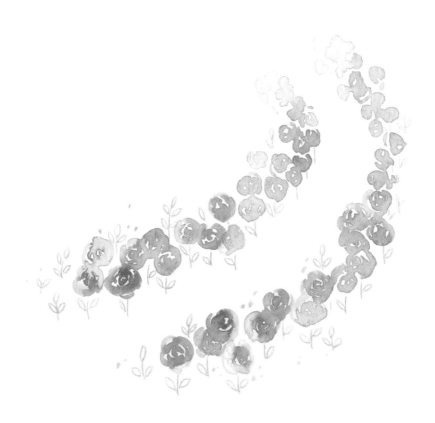

태안 가는 길

오래 보고 싶겠다
오래 생각 서성이고
오래 목소리 떠오르고
오래 코끝에 향기 맴돌겠다
다시 만날 때까지
끝내 만나지 못할 때까지.

부탁이야

오래가 아니야 조금
많이가 아니야 조금
네 앞에서 잠시
앉아 있고 싶어

나는 왜 내가 이렇게 되었는지
나도 잘 모르겠어

금방 보고 헤어졌는데도

보고 싶은 네 얼굴

금방 듣고 돌아섰는데도

듣고 싶은 네 목소리

어둔 하늘 혼자서 반짝이는 나는 별
외론 산길에 혼자서 가는 나는 바람

웃는 네 얼굴 조금만 보고
예쁜 목소리 조금만 듣고
이내 나는 떠나갈 거야
그렇게 해줘 부탁이야

나는 왜 내가 이렇게 되었는지
나도 잘 모르겠어.

문득

많은 사람 아니다
더더욱 많은 이름 아니다
오직 한 사람,
한 사람의 이름이
나는 오늘 문득
그리운 것이다.

마지막 기도

더 이상 그를
사랑하지 않게 해주십시오
사랑하는 마음이 언젠가
미움의 마음으로 변할까 걱정입니다

어떤 경우에도 그를
미워하지 않게 해주십시오
그를 사랑했던 마음
오래 오래 후회될까 봐 걱정입니다.

기다리는 시간

기다리는 시간이 길다

번번이 조그맣고 둥그스름한 어깨
치렁한 머릿칼
작지만 맑고도 깊은 눈빛은
쉽게 나타나주지 않는다

기다리는 시간은 짧아도 길다

저만큼 얼핏 눈에 익은 모습 보이고
가까이 손길 스치기만 해도
얼마나 나는 가슴 찌릿
감격해야만 했던가

혼자서 돌아가는 외로운 지구 위에서

언제나 나는 기다리는 사람

그러나 기다리며 산 시간들

촘촘하고 질기고 아름다웠다고 말하리.

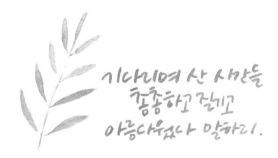

사랑하는 마음 내게 있어도

사랑하는 마음
내게 있어도
사랑한다는 말
차마 건네지 못하고 삽니다
사랑한다는 그 말 끝까지
감당할 수 없기 때문

모진 마음
내게 있어도
모진 말
차마 하지 못하고 삽니다
나도 모진 말 남들한테 들으면
오래오래 잊혀지지 않기 때문

외롭고 슬픈 마음

내게 있어도

외롭고 슬프다는 말

차마 하지 못하고 삽니다

외롭고 슬픈 말 남들한테 들으면

나도 덩달아 외롭고 슬퍼지기 때문

사랑하는 마음을 아끼며
삽니다
모진 마음을 달래며
삽니다
될수록 외롭고 슬픈 마음을
숨기며 삽니다.

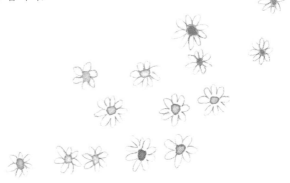

어쩌다 이렇게

있는 듯 없는 듯
있다 가고 싶었는데
아는 듯 모르는 듯
잊혀지고 싶었는데
어쩌다 이렇게 되었을까
그대 가슴에 못을 치고
나의 가슴에 흉터를 남기고
어쩌다 이 지경이 되었을까

나의 고집과 옹졸
나의 고뇌와 슬픔
나의 고독과 독선
그것은 과연 정당한 것이었던가
그것은 과연 좋은 것이었던가

사는 듯 마는 듯 살다 가고 싶었는데
웃는 듯 마는 듯 웃다 가고 싶었는데
그대 가슴에 자국을 남기고
나의 가슴에 후회를 남기고
모난 돌처럼 모난 돌처럼
혼자서 쓸쓸히.

이 가을에

아직도 너를
사랑해서 슬프다.

말은 그렇게 한다

너 떠난 뒤
너 없이 나
어떻게 살 것인지
모르지만

나 떠난 뒤
나 없이도 너
잘 살아라
씩씩하게 살아라

아침에 새로 피는
꽃처럼
한낮에 하늘 나는
새처럼

말은 그렇게 한다.

눈사람

밤을 새워 누군가 기다리셨군요
기다리다가 기다리다가 그만
새하얀 사람이 되고 말았군요
안쓰러운 마음으로 장갑을 벗고
손을 내밀었을 때
당신에겐 손도 없고
팔도 없었습니다.

떠난 자리

나 떠난 자리
너 혼자 남아
오래 울고 있을 것만 같아
나 쉽게 떠나지 못한다, 여기

너 떠난 자리
나 혼자 남아
오래 울고 있을 것 생각하여
너도 울먹이고 있는 거냐? 거기.

그대 떠난 자리에

그대 떠난 자리에 혼자 남아
그대를 지킨다
그대의 자취
그대의 숨결
그대의 추억
그대가 남긴 산을 지키고
그대가 없는 들을 지키고
그대가 바라보던 강물에 하늘에
흰 구름을 지킨다
그러면서 혼자서 변해 간다
나도 모르게 조금씩
그대도 모르게 조금씩.

못나서 사랑했다

잘나지 못해서 사랑했다
사랑하지 않고서는
배길 수 없어서 사랑했다
밥을 먹어도 배가 고프고
물을 마셔도 목이 말라서
사랑했다

사랑은 밥이요
사랑은 물

사랑은
꽃이요
사랑은
눈물

바람 부는 날 바람 따라 흔들리지
않기 위해서 사랑했다
흐르는 강가에서 물 따라
흘러가지 않기 위해서
사랑했다

172

사랑은 공기요
사랑은 꿈

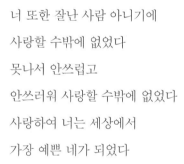

너 또한 잘난 사람 아니기에
사랑할 수밖에 없었다
못나서 안쓰럽고
안쓰러워 사랑할 수밖에 없었다
사랑하여 너는 세상에서
가장 예쁜 네가 되었다

사랑은 꽃이요
사랑은 눈물.

사랑

그가 섭섭하게 대해 줄 때
내게 잘해 준 일만 생각합니다
그가 미운 마음 가질 때
나를 위해 기도해 준 일 생각합니다

그가 크게 실망하고 슬퍼할 때
작은 일에도 기뻐하던 때 되새깁니다
그가 늙고 병들어 보잘 것 없어질 때
젊어 예쁘던 때를 기억하겠습니다.

그 말

보고 싶었다
많이 생각이 났다

그러면서도 끝까지
남겨두는 말은
사랑한다
너를 사랑한다

입속에 남아서 그 말
꽃이 되고
향기가 되고
노래가 되기를 바란다.

아직도

아직도 그 전화번호를 쓰고 있었다
아직도 그 번지수에 살고 있었다
봄이 온다고 해서 울컥 치미는 마음
부둥켜안고 전화를 걸었을 때
물먹은 목소리는 아직도 스무 살 서른 같은데
어느새 쉰 살 나이를 넘겼다고 했다
아직도 김지연의 바이올린
'기차는 여덟 시에 떠나네'를
들으며 산다고 그랬다.

하오의 슬픔

세상에 와서 내가
한 일이라곤 고작
글 몇 줄 쓴 일밖에 없는데
공연스레
하얀 종이만 함부로
버려 놓고 말았구려

세상에 와서 내가
한 일이라곤 고작
그대 좋아한 일밖에 없는데
공연스레
그대 고운 마음만
아프게 만들고 말았구려

어느 날 찬물에 손을
씻다가 본
손에 묻었던 파아란 잉크빛
그 번져가는 슬픔을 보면서.

눈 위에 쓴다

눈 위에 쓴다
사랑한다 너를
그래서 나 쉽게
지구라는 아름다운 별
떠나지 못한다.

사랑한다

4장\

오직
한 번뿐인 여행

새해 인사

글쎄, 해님과 달님을 삼백예순다섯 개나
공짜로 받았지 뭡니까
그 위에 수없이 많은 별빛과 새소리와 구름과
그리고
꽃과 물소리와 바람과 풀벌레 소리들을
덤으로 받았지 뭡니까

이제, 또다시 삼백예순다섯 개의
새로운 해님과 달님을 공짜로 받을 차례입니다
그 위에 얼마나 더 많은 좋은 것들을 덤으로
받을지 모르는 일입니다

그렇게 잘 살면 되는 일입니다
그 위에 더 무엇을 바라시겠습니까?

여행·1

예쁜 꽃을 보면
망설이지 말고
예쁘다고 말해야 한다

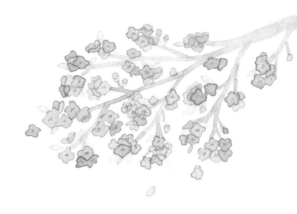

사랑스런 여자를 만나면
미루지 말고
사랑스럽다 말해주어야 한다

이다음에 예쁜 꽃을
다시 볼 수 있을 거라고
사랑스런 여자를
다시 만날 수 있을 거라고
믿어서는 안 된다

우리네 하루하루
순간순간은 여행길
두 번 다시 되풀이할 수 없는
오직 한번 뿐인 여행이니까.

여름의 일

골목길에서 만난
낯선 아이한테서
인사를 받았다

안녕!

기분이 좋아진 나는
하늘에게 구름에게
지나는 바람에게 울타리 꽃에게
인사를 한다

안녕!

문간 밖에 나와
쭈그리고 앉아 있는
순한 얼굴의 개에게도
인사를 한다

너도 안녕!

한 소망

어디서 많이 들어본 말을 빌려
소망한다
저가 나에게 필요한
사람이기보다는
내가 저에게 필요한
사람이게 하소서
이 세상 끝 날까지
기린과 너구리와 뱁새와
생쥐와 함께.

숭앙한다
저가 나에게 필요한
사랑이기보다는
내가 저에게 필요한
사랑이게 하소서
이 세상 끝 날까지

기린과 너구리와 밥새와
생쥐와 함께.

외출에서 돌아와

사람들 많이 만나고
집에 돌아온 밤이면
언제고 한 가지쯤
언짢은 일 있게 마련이다

사알짝, 마음에 긁힌 자국

다른 사람들 내게 준
조그만 표정이며
석연찮은 한두 가지 말들
가시 되어 걸려 있을 때 있다

아니다 내가
다른 사람들에게 그렇게
하지 않았을까
더 언짢아질 때 더러 있다.

좋은 날

하고 싶은 일을 하니 좋고
하고 싶지 않은 일을 하지 않으니
더욱 좋다.

돌멩이

흐르는 맑은 물결 속에 잠겨
보일 듯 말 듯 일렁이는
얼룩무늬 돌멩이 하나
돌아가는 길에 가져가야지
집어 올려 바위 위에
놓아두고 잠시
다른 볼일 보고 돌아와
찾으려니 도무지
어느 자리에 두었는지
찾을 수가 없다

혹시 그 돌멩이, 나 아니었을까?

혹시, 나 아니었을까

쑥부쟁이

오늘도 너의 마음 하나
얻지 못하여 쓸쓸한 날
혼자서 산길을 가면서
가을꽃 본다

무얼 그러시나요?
살아 있는 목숨만이라도
고마운 일 아닌가요?
쑥부쟁이 연한 바다 물빛
꽃송이를 흔든다.

엄마

하나의 단풍잎 속에
푸른 나뭇잎이 있고
아기 나뭇잎이 있고
새싹이 숨어 있듯이

우리 엄마 속에
아줌마가 살고 있고
아가씨가 살고 있고
여학생이 살고 있고
또 어린 아기가 살고 있어요

그 모든 엄마를 나는
사랑해요.

아버지

왠지 네모지고 딱딱한 이름입니다

조금씩 멀어지면서 둥글어지고
부드러워지는 이름입니다

끝내 세상을 놓은 다음
사무치게 그리워지는 이름이기도 하구요

아버지, 이런 때
당신이었다면 어떻게 하셨을까요?

마음속으로 당신 음성을 기다립니다.

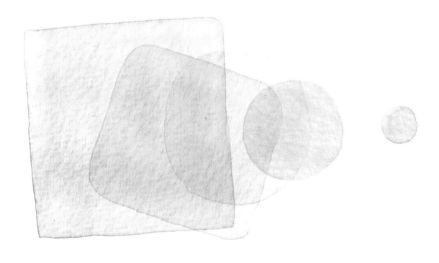

어린 슬픔

서리 내린 아침
눈부신 햇살 뒤집어쓴
장미 어린 꽃송이에게 묻는다

나의 시는 아직 망하지 않았는가?
나의 인생은 아직도 잘 따라오고 있는가?

외로워할 것이 없는데 외로워하고
슬퍼할 것이 없는데 슬퍼하는 것이 사랑이다
끝내 사랑할 필요가 없는데 사랑하는 것이 사랑이다

피를 물고 서 있는 붉은
어린 장미에게 말해본다.

너무 쉽게 만나고

너무 쉽게 만나고
너무 쉽게 헤어지는
우리의 사랑.

너무나 바쁘고
너무나 성급한
우리의 나날.

사람들아 사람들아
그리워할 사람을 오래오래 그리워하고
눈물겨워할 것을 뜨겁게 눈물겨워하자.

서러워할 것을 서러워하고
우리 차지로 온 쓴 잔을
마다하여 돌리지 말자.

여행·2

가방을 들고
차를 타고 가면서
집으로 돌아가고 싶어 하는 내가 있고

집에 돌아와
가방을 정리하면서
떠나온 곳으로 돌아가고 싶어 하는 내가 있다

어떤 것이 진짜 나인가?

아름다운 짐승

젊었을 때는 몰랐지
어렸을 때는 더욱 몰랐지
아내가 내 아이를 가졌을 때도
그게 얼마나 훌륭한 일인지 아름다운 일인지
모른 채 지났지
사는 일이 그냥 바쁘고 힘겨워서
뒤를 돌아볼 겨를이 없고 옆을 두리번거릴 짬이 없었지

이제 나이 들어 모자 하나 빌려 쓰고 어정어정
길거리 떠돌 때
모처럼 만나는 애기 밴 여자
커다란 항아리 하나 엎어서 안고 있는 젊은 여자
살아 있는 한 사람이 살아 있는 또 한 사람을
그 뱃속에 품고 있다니!

고마운지고 거룩한지고

꽃봉오리 물고 있는 어느 꽃나무가 이보다도 더 눈물겨우랴

캥거루는 다 큰 새끼도 제 몸 속의 주머니에 넣어 가지고 다니며

오래도록 젖을 물려 키운다 그랬지

그렇다면 캥거루는 사람보다 더

아름다운 짐승 아니겠나!

캥거루란 호주의 원주민 말로 난 몰라요 란 뜻이랬지

캥거루 캥거루, 난 몰라요

아직도 난 캥거루다.

오월 카톡

그늘이 푸르니
마음이 푸르고

생각이 고우니
마음은 또한 붉어

멀리 있어 더욱
보고픈 아이야

네가 꿈꾸는 세상
자주 여러 번

세상에서 이 지구에서
만나기를 바란다.

동심

꽃은 나무나 풀에만
피는 것이라고 말했다
아이들은 아니라고 그랬다
사람도 꽃그림이 들어 있는
옷을 입으면 사람에게도
꽃이 피는 것이고
예쁜 여자아이
두 볼이 빨개지면
그것도 꽃이 된다고
그랬다

살아 있는 것은

모두 움직인다고 일러줬다

그렇다면 바람과 물도

살아 있나요?

살아 있는 것은 숨을 쉬거나

무엇인가를 먹고 자란다고

일러줬다

그렇다면 구름과 불도

살아 있나요?

아니라고 대답해 줬지만

정말로 살아 있는 것은

아이들 말대로

바람과 물과 구름과 불이 아닐까

아이들 모르게 혼자

중얼거려 보았다.

인생

화창한 날씨만 믿고
가벼운 옷차림과 신발로 길을 나섰지요
향기로운 바람 지저귀는 새소리 따라
오솔길을 걸었지요

멀리 갔다가 돌아오는 길
막판에 그만 소낙비를 만났지 뭡니까

하지만 나는 소낙비를 나무라고 싶은
생각이 별로 없어요
날씨 탓을 하며 날씨한테 속았노라
말하고 싶지도 않아요

좋아보라
나의 하루.

좋았노라 그마저도 아름다운 하루였노라
말하고 싶어요
소낙비 함께 옷과 신발에 묻어온
숲 속의 바람과 새소리

그것도 소중한 나의 하루
나의 인생이었으니까요.

멀리 있는 너를 두고

저녁나절에 생각한다
오늘도 무사히 일을 마치고
집으로 돌아가니 얼마나 좋은가
저녁에 집으로 돌아가
몸을 씻고 잠을 잘 수 있으니
얼마나 더 좋은가

더구나 멀리 있는 너
아무 소식도 없는 걸로 보아
아무 일도 없는 것 같으니
그 또한 얼마나 감사한 일인가
내일도 너 아무 일도 없기를!

나는 또 내일 어디로인가
새로운 세상 속으로
다시금 떠날 수 있기를
소망해본다.

쪼끔은 보랏빛으로 물들 때

나 이미 오래 전에 남의 아버지 되어버린 사람이지만
아직도 누군가의 어린아이 되고 싶은 때 있다
세상한테 바람맞고 혼자가 되어 쓸쓸할 때

그늘 넓은 나무는 젊은 어머니처럼 부드러운 손길을

뻗쳐 나를 감싸주시고

푸르른 산은 이마 조아려 나를 내려다보며

젊은 아버지처럼 빙그레 웃음 지어 보이신다

짜아식 별걸 다 갖고 그러네

괜찮아, 괜찮아, 조금만 참으면 된다니까

나 머잖아 할아버지 될 입장이지만

아직도 누군가의 철부지 손자거나 아예 어린아이 되고

싶은 때 있다

흘러가는 흰 구름은 잠시 머리 위에 멈춰 서서

보일 듯 말 듯 외할머니 둥그스름한 얼굴 모습도

만들어주고

할머니 작달막한 뒷모습도 보여주지 않는가

오빠야 오빠야 때로는 이름 모를 조그만 풀꽃들

발뒤꿈치를 따라오며

단발머리 어린 누이들처럼 쫑알쫑알 소리 없는 소리들을

가을 들길에 풀어놓지 않는가

나 세상한테 괄시받고 쪼끔은 보랏빛으로 물들었을 때

제 풀에 삐쳐서 쪼끔은 쓸쓸할 때.

능금나무 아래

한 남자가 한 여자의 손을 잡았다
한 젊은 우주가 또 한 젊은
우주의 손을 잡은 것이다

한 여자가 한 남자의 어깨에 몸을 기댔다
한 젊은 우주가 또 한 젊은
우주의 어깨에 몸을 기댄 것이다

그것은 푸르른 5월 한낮
능금꽃 꽃등을 밝힌
능금나무 아래서였다.

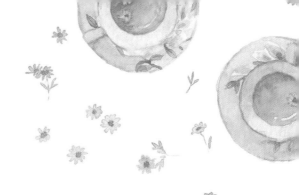

차

차는 혼자서 마시는 것이 아니라
둘이서 마시는 것이다
차는 혼자서만 간직하는 것이 아니라
나누어 가지는 것이다

둘이서 마시더라도 가장 좋은 사람과
마주 앉아서 마시고
나누어 가지더라도 가장 좋은 사람과
나누어 가지는 것이다

마주 앉아 차를 마시고
차를 나누어 가지면서
우리에 마음과 나누어 가지는 것이 좋고
사랑도 나누어 가지는 것이 좋다는 것을 알게 된다

차를 아끼고 묵히는 일은
어리석은 일이다
마음을 아끼고 혼자서만 간직하는 것은
더욱 어리석은 일이다

겨울 지나고 봄이 오기만 하면
새롭고도 향기로운 차 새로 나오기 마련이고
시간이 지나고 날이 가면 내 앞에 있던 좋은 사람도
떠나가 빈자리 될 것을 미리 알기에 더욱 그렇다.

아름답다

사랑하는 남자의 눈을 바라보고 있는
여자의 눈은 아름답다
사랑하는 남자의 입술을 향하여 벌린
여자의 입술은 아름답다
사랑하는 남자의 귀를 위하여 지껄이는
여자의 성대는 아름답다
사랑하는 남자의 가슴을 위하여 숨쉬는
여자의 가슴은 아름답다
사랑하는 남자가 있는 곳으로 가고 있는
여자의 다리는 더 아름답다
사랑하는 남자와 여자를 보고
아름답다고 생각하는 사람의 마음은
더욱 더 아름답다.

눈부신 세상

멀리서 보면 때로 세상은
조그맣고 사랑스럽다
따뜻하기까지 하다
나는 손을 들어
세상의 머리를 쓰다듬어준다
자다가 깨어난 아이처럼
세상은 배시시 눈을 뜨고
나를 향해 웃음 지어 보인다

세상도 눈이 부신가 보다.

꽃 · 3

아무렇게나 저절로
피는 꽃은 없다

누군가의 억울함과 슬픔과
기도가 쌓여 피는 꽃

그렇다면 산도 바다도
강물도

하늘과 땅의 억울함과 슬픔과
기도로 피어나는 꽃일 것이다.

민들레꽃

세상의 날들이
곳간에 다락같이 쌓아놓은
곡식의 낱알 같은 것이 아니라
하루나 이틀이면 족하지
무엇을 더 바라겠는가?
하늘을 바라보고 눈물 글썽일 때
발밑에 민들레꽃
해맑은 얼굴을 들어 노랗게
웃어주었다.

젊은 딸들에게

딸들아.
우리나라의 젊고 이쁜 딸들아.
이제 우리나라에는 가을이 가고
가을 풀벌레들의 강물 소리도 얼어붙고
낡은 무덤과 지붕들 위에 지친 산맥들 위에
순백의 흰 눈이 내려 덮여야 하는 겨울이 온다.

그러나 딸들아.

나는 오늘 잘 여문 벼이삭 수수이삭들을 보며

너희들의 잘 여문 가슴을 생각하고

잘 익은 콩꼬투리며 팥꼬투리들을 보며

너희들의 그 이쁜 발가락 손가락을 생각한다.

또한 딸들아.

감나무 가지 위에 마지막 남은 홍시를 보며

너희들의 탐스런 대리석의 젖가슴을 생각하고

가을 하늘같이 맑고 맑은 눈빛을 생각한다.

생각하고 생각한다.

딸들아.

겨울에도 얼지 않고 속삭이는 작은 시냇물 소리를

그 가슴 안에 가진 딸들아.

보다 더 많이 눈에 덮여

은은히 살 부비며 흐느끼는

솔바람 소리를 그 가슴속에 지닌 딸들아.

너희들은

햇빛 속을 희고 빛나는 이빨로 웃으며

크고 튼튼한 알종아리로 종종종 걷다가도

돌아와선 수틀 앞에 조용히 앉을 줄도 알고

방안의 그 큰 고요의 호수 속에도 잠길 줄 알아야 한다.

그래야 한다.

그러므로 딸들아.

우리나라의 젊고 이쁜 딸들아.

나는 오늘 믿는다.

너희들의 가슴의 그 고요한 호수만을 믿는다.

믿고 또 믿는다.

가장 예쁜 생각을 너에게 주고 싶다

1판 1쇄 발행 2017년 6월 7일
1판 35쇄 발행 2024년 10월 10일

지은이   나태주
그린이   강라은

발행인   양원석
펴낸 곳   (주)알에이치코리아
주소   서울시 금천구 가산디지털2로 53, 20층(가산동, 한라시그마밸리)
편집문의   02-6443-8855   도서문의   02-6443-8800
홈페이지   http://rhk.co.kr
등록   2004년 1월 15일 제2-3726호

ⓒ 2017 by 나태주 · 강라은, Printed in Seoul, Korea

ISBN   978-89-255-6182-0   03810